KAKU DAN SOU

山口真世

Parade Books

はじめに

　かれこれ二十数年前に遡りますが某ＴＶ番組での企画の公募に履歴書を送った事を機にさまざまなトラブルが発生──現在の事態に至った次第です。

　ここでは詳細は控えますが(問題の焦点がぼやける為)、本書の作品に一貫しているのは、私自身、具体的に相手方から接触を受けた事が無く、全て五感に伝わる事実と状況に基づいた事柄に、自分の感性を添加して創作したメッセージだということです。

　ＢＰＯ(放送倫理規定を監修する部門)・警察・弁護士・総務省・国税局・その他公の相談窓口……と掛けずり回った経緯はありますが、即効性のある処方箋は得られず、本書の執筆に至った次第です。

　50年以上の半生を清廉潔白に生きてきたとは言いませんが、これ程の不条理と被害を受け続ける謂れはありません。

　一般の方で以前よりご存知の方も居られると思いますが、面白おかしく受け流さないでこの裏社会にメスを入れて頂きたいと願います。

目次

はじめに …………………………… 3

公害事業Ⅰ ………………………… 6

錬金術 ……………………………… 7

独立国家 …………………………… 8

テロリスト ………………………… 9

野性の血 …………………………… 10

人体解体 …………………………… 11

死刑制度存続派 …………………… 12

皮算用が止まらない ……………… 13

総務大臣殿 ………………………… 14

嗅覚 ………………………………… 16

ＭＡＧＯが泣いた日 ……………… 17

母への追憶 ………………………… 18

契約書 ……………………………… 19

公害事業Ⅱ ………………………… 20

各局協定 …………………………… 21

拉致 ………………………………… 22

履歴書の行方 ……………………… 23

小道具 ……………………………… 24

不法者の合図 ………………………… 25

公害事業のノウハウ ……………… 26

終焉なき戦い ………………………… 27

宴 ……………………………………… 28

軍需工場 ……………………………… 29

敵の戦術 ……………………………… 30

砂上の国益 …………………………… 31

表彰状 ………………………………… 32

血の騒ぎ ……………………………… 33

一塵の星 ……………………………… 34

逆輸入 ………………………………… 35

チミモウリョウ …………………… 36

疎外ゴミ ……………………………… 37

脳内侵入者 …………………………… 38

甘い囁き ……………………………… 39

「権威」と「権限」………………… 40

生け贄 ………………………………… 41

ヒトとモノ …………………………… 42

生きる屍 ……………………………… 43

反主流 ………………………………… 44

あとがき 「声色」………………… 45

最後に 「海外渡航」………………… 46

公害事業 I

20年もの間続いている、ビルド・スクラップ
昨日も今日も又、明日もビルド・スクラップ
「ソレって公共事業？」
「いいえ、公害事業です」
その槌音が国外迄にも鳴り響く

錬金術

いつからか、この家に男女数人が棲みついた

名も知らぬ遠き島より流れついたのか

はたまた衛星基地より派遣されたのか

勿論、住民票にも載っていない赤の他人

私の耳元で囁き、摺り込み脅迫する

私の思考を遮り、盗み、搾取する

今、直ぐ出てゆけ、この外道！

独立国家

そこは無法地帯

知る者と知らざる者との空間に在ると言う

境界線も無く

立看板も無く

旗も翻っていない

間口は広く秩序正しい顔をしている

ＡＩとＧＰＳを武器にして反論する者を

返り討ちつつ生きている

テロリスト

その昔

テロリストのＩＳは捕虜の人質を盾に使った

残虐極まりない

現在も尚他人のプライバシーをも盾にする

ＴＡのその裏の顔

エゲツナイ

野性の血

今宵また野性の慟哭が
産道を突き抜け
脳を破壊する
たった今
取出したばかりの臓物のような
生あたたかく湿った嗤いが
耳元に禍まく

人体解体

人体の解体は静ひつな破壊力を以て行なわれる
それは対外的な見せしめなのか
或は、自己の満足を満たすものなのか

──いずれにせよ、それは神への冒とくである

死刑制度存続派

死刑制度を廃止している国や州がある

この日本も議論の過中にあると言う

その理由は知らないが

多分どんな極悪非道な人間にも更生の余知があり

人の命を尊重する

人命を重んじるとの観点からだと推測する

だけれども

一個人から人権を奪い非人道的な扱いをし続け

かつて母に危害を加え

飼猫に迄、手を掛けるソノ組織と

組織末端の小集団には

「公開処刑」を宣告する

皮算用が止まらない

「あの人今度手記を自費出版するんですって」

自宅でアレコレ構想中のところ

その内容を全て実況生中継

盗み取った文面を、英・仏・伊語に翻訳し

海賊版をせっせこせっせこ製本し

原本よりも先に市場に出回る

——盗賊達の皮算用はもう止まらない！

総務大臣殿

拝啓、総務大臣殿、貴殿はこの現状をご存知ないのですか？

一度投書をしただけの一国民の身辺調査をした挙句

個人情報はおろか

日常生活の一部始終を盗撮・盗聴の上

一般人に垂れ流し

利益を得ているこの現実と

本人に隠すが為に隔離政策を施して

20年以上に亘って続けているこの悪業を

以前、何度か扉を叩いた事もあります

或る時、職員の方が

「どの企業にもコンプライアンスを扱う窓口がありますので、そちらへ尋ねて下さい」

との返答でしたよ、

その人間の一部始終（過去〜現在に至る迄）

頭に残っている記憶をたぐり寄せ

思った事や感じた事への反応が聞こえ

或る時は恫喝し又嘲笑の声がする

──そういう環境を作った（と思える）相手に正面か

ら接触をする気になれると思いますか？

ならないでしょう、普通

管理・監督をする立場の人に

嘆願（たんがん）するしかないのです

先ず、事実確認をして下さい

そしてその経緯（けいい）を説明して下さい

匿名希望（とくめいきぼう）

嗅覚

電車に乗車していると必ず耳障りな雑音が聞こえる

聴覚・視覚……あらゆる機能は低下し

寄る年波には諍えない

何故か嗅覚だけは変わらない

むしろ以前に比べて研ぎ澄まされた様である

『さっき降りたあの塊り。あれ、アノ組織の分子や

……』

自分の方が被害者なのに

思わず肩をすくめ、息を留めた

MAGOが泣いた日

もうかれこれ7年位になるだろうか
独り暮らしの我が家で雌猫と暮らしている
とても気位が高く好き嫌いがハッキリした性格の
持ち主である
或る日、明け方頃ベッドに座ったＭＡＧＯが
「ヴワォー」とひと声、唸った
初めて聞く鳴き声だった
――恐らくこの家に無断で棲みついたあの連中の仕業
……
表向きは、公共性を重んじ
ボランティア活動にもいそしみ
平和を謳い社会に貢献している顔をして
その化けの皮剥がれ落ちても気が付かないのか
未だ居座わり続ける
小動物より劣るその知能の持ち主よ

母への追憶

もう10年以上も前の事

母がいつもの様にスーパーマーケットへ買い物へ行った

そこで顔見知りの人と立ち話をしていたら

突然母は、吹飛ばされる様に後ろへ倒れた

そして倒れた勢いで頭部を強く打ったらしい

その頃、私は離れて暮らしていたので

何の手だても出来ず

僅かな御見舞金を送る事しか出来なかった

それから2週間程、経つか経たないか

再び同じ様に後ろへ倒れたと、聞いた

今度は別のスーパーマーケットだという

──とても偶然とは思えない

先に受けた被害場所に汚点を残さない様

焦点をぼやかす為の一種の工夫？

いずれにせよ、偶発的な事故ではなく

人為的なもの……

今でも疑念が拭えない

契約書

本人の知らない所で交わされていた契約書

そこにはどんな条件で何が謳（うた）われているのか

有効期限は？

契約金は？

公と私の区別は？

何を線引きに？

そこには、本人の筆跡で本人の拇印が押された

偽造の書面が

本人の同意を得る事なしに

締結（ていけつ）された顔になりすましている

公害事業II

それは、完成させる目的で行なっている事業ではない

完成させない様に

そしてそれを見ている側に気づかれない様に

時に合図を交わせながらの作業

「未完成」の継続を維持する事で成り立つ

言わば「公害事業」

限りなく完成度ゼロの事業に

見物人は未だ気づかないか……

各局協定

あそこが筆頭になり各局と協定の下

架空のプロジェクトを仕組んだ

一人の人間を軟禁状態にして

一般人にもその情報を開示し

本人との接触は隔離して

日常つながりのある人間にも楔を打つ

海外のネットワークにつなげて運営し

「世界共通項」の情報に沸き上がる

──外交に善処しているかの様な顔をして

ここにメスが入るのはいつの日か……

拉致

1日24時間、1年365日
ここ十数年間に亘り、その一挙一動を観られている
或る時は思案した事への応えが耳元で聞こえ
今、思いをめぐらせている相手の声となり返ってくる
──それは、言わば、利益を生む為のカテゴリーとなり
繰り返し繰り返し行なわれる作業
ここに自ずと「拉致」という言葉が浮かびあがり
グローバリズムとかけ離れた舞台裏が見える

履歴書の行方

20年程前に或る求人広告に目が止まり、応募をした
写真と履歴書にメッセージを添えて応募をした
希望していた企業からは、連絡が来なかった
書類選考で落ちたのだったら諦めもつく
その書類がひとり歩きをして同業他社に渡ったようだ
今も24時間、監視の下で強制労働を強いられている
責任の所在は、何処に？

小道具

昼夜、ところを問わず轟音が鳴き響く

例のヘリが頭上で旋回をしている

屋根すれすれに迄近づいて音を捲き散らす

その姿は、まるで飼い犬が尻尾を振りたてて

主人にご褒美をねだっている様にも見える

誤って建物に接触するか

部品のひとつでも落下させてくれれば

事故として通報が出来

その素性が露呈すれば二度と近づかないだろうに

………

不法者の合図

真夜中、就寝中にコールがする
以前、母が入院中の時は
その音で鼓動が高まったもの
あの例の小集団が、姿形は見せないけれど
まるで息づかいの様に聞こえる

──深夜のワンコール

公害事業のノウハウ

表向き「差別・いじめの無い明るい社会を築きましょう」
と謳いながら
彼らは先ず、その人間を隔離して世間と切り離す
切離された人間は周囲の目から奇をてらった様に写り
ますます孤立する
それが狙い目
ナショナリズムを煽り
時にサクラを盛り込み
判官びいきを織り交ぜる
海外からの朗報（？）に一部の傍観者が鼓舞する
──当の本人は冷めきっているのに

終焉なき戦い

墓場に眠っている死者を掘り返してでも襲撃を厭わない

その集団

それを迎え撃つには

もはやクローン化した自己の分身に遺志を託すしか

策がないのだろうか

やがて数十年先には

その判決が下る日がくるだろうか…………

宴 (うたげ)

その事業にはノルマもあるという。

1日単位？　それとも1週間単位？

それでどれ位の利益を上げているのだろう

利用する者が居るから止(や)めないのか

逆に継続している故(ゆえ)

利用者が無くならないのか

ノルマ達成の暁(あかつき)には宴(うたげ)が催(もよお)される

酒池肉林(しゅちにくりん)

生血(なまち)で盃(さかずき)をあげ

人肉(じんにく)を貪(むさぼ)る

そんな輩(やから)の宴(うたげ)が今宵(こよい)も開かれる

軍需工場

最新鋭の機能を備えた軍用機が使用されれば

それを阻止、追撃できる兵器が開発され

又、より強固な兵器が出来

………延々と続く

いつしか平和を希求する意識も薄れ

唯一安全なシェルターを求め彷徨う

敵の戦術

態勢不利な状況の時は極めてフラットに平静を装う

相手の動作により窮地に追いつめられても

むしろ陣営にそれ迄以上の利益をもたらすかの様に

広告をする

――苛立ちを感じる個に優越感を覚え

逆転したかの様に敵は勝ち誇る

砂上の国益

「国益」などと揶揄され
当初批判的だった公人もその無形の利益に甘んじ
形骸化された体制が綿々と続く
異を唱える声もむなしく

非常事態が起きても

事も無く
流れゆく時間がそれを空虚に塗り変える

表彰状

第三者の評価など曖昧で
多種多様で価値をもたらすとは思えない

例えばスポーツでその速さを競う競技であれば
順位は一目瞭然である

芸術品や行為などに対しては
嗜好や価値観等は千差万別で

純粋なものばかりとは限らない
バランスを与した上でのひとつの行程に過ぎない
かの共産国の氏を例に出すまでもなく

人権よりも重い賞は無い

血の騒ぎ

ひとりの言動を軸にして地球が回る

別段奇抜な発想や思考でもなく

ありきたりの既成の言葉で綴っているだけなのに

………

まことしやかに栄誉が轟き世界に響き渡る

共有の快感か

嗚呼、行く先々、至るところで

DNAの血の騒ぎを肌で感じる

一塵の星

来世など在るかどうかわからないけれど

父との語らい

母との確執を経ての疎通

さまざまに関わりのあった者達への想い

ミィーちゃんのこと

クゥーちゃんのこと

あらゆる者

皆全てが

そして自身もまた

やがては一塵の星となりて

何億光年彼方より

この地上を照らすであろう

逆輸入

誰も無関心で無反応で何の価値感をも見いだせない代物

それが何かのきっかけで国外で知られ

興味をもたれ
中間工程で加工・再生を経て逆輸入されるや
付加価値を伴い

以前とは違う視線、角度から見られ
時には過剰反応までをも引き起こす
——日本固有の感性のようで
左傾の「独立国家」が編みだした法定外のシステムに
皆一様に右へならえをしている

チミモウリョウ

「反対する者など誰も居ない。成り立っている。
——故にこうして継続できている」と、言い放つ。

違う。反論などしようものなら自らが犠牲になる

聴衆の目に異端とさらされ

その上臓器までえぐり取られ

返り血を浴びせられる——

そんなチミモウリョウの世界に誰も首など突込まない

見ないフリをして見ているだけ

あくまで第三者の立ち位置を崩さない

——それが現代人　——それが日本人

ケータイバカにスマホバカ

時代が創った文明の利器に侵され続ける

疎外ゴミ

生まれ育った街を離れ
何処ゆく宛も無く
サカイに捨てられ
オオサカに捨てられ
そしてニホンに見離され
明日の見えない空間に生きる

脳内侵入者

耳元で何やら囁く声が伝わる

何の事？

あの事……

その事……

無意識の内に頭の片隅にインプットされる

それが何かの折りに

あの事、その事が蘇り

眼下をよぎり

何やら囁いた声の主に読み取られ

リアルタイムで情報発信される

そして

当人の思考の如く市場へ拡散される

……

白が黒に入れ替わる時

甘い囁き

「OH、スバラシイ！」

サイコー！　ナンバーワン！

あらゆる美辞麗句を並べ立て

まるで「シルクサテン」の燕尾服をまとい

指揮台に立ち

諸外国の来賓客を前にタクトを振るコンダクターを

連想させる

──意に反し、現実は──

ドンゴロスの迷彩柄を全身に装着……

廃棄寸前の重機にまたがり

ピンポイントの狙い撃ちもおぼつかなく

拳銃さながらペンを走らせる

「権威」と「権限」

権威があれば、そのネームバリューに付した社会性と
信用性と資力に魅かれ、人が集う
そして彼等が企てた途方も無いプロジェクトに賛同する
当然、彼等のスポンサーにも体良く事前説明を行ない、
身辺整理は完了
だが、ターゲットにされる側には
一切何の打診も連絡さえ無い
その権威の下に無言の内に始め、本人の拒否反応には
無関心・無視をやり通す
血流が滞らないように何事もない顔をして
ただただ作業（本人を監視し動作の配信）を繰り返す
権威はあっても権限がない故に当人との接触は避け
終結させる事も出来ないでいる

生け贄

左傾の「独立国家」はどうもアメリカがお好きなようで

相手がお気に召せば拉致までして生け贄として差し出す

いくら胃袋の大きい欧米人でも

丸呑みをされて

消化不良を引き起こされては大変

事細かく噛み砕いたマニュアルも添付

その生け贄と引き換えに一番潤っているのは

やっぱりあの業界？

お互いWINWINの関係で

双方共に元に戻す意思は無く

仲裁役も現れない

アメリカ嫌い

アメリカに尻尾を振る犬

真似する犬

もっと厭！

ヒトとモノ

声はすれども姿は見せず

こちらからすればとても彼らはヒトとは思えない

まるでデスク・チェアー・ボードといったモノとしか

認識できない

そのモノが何か問うたり、こちらの思惑をコントロール

しようとしても

全く聞き入れる余地は無く

感情移入する事も無い

彼らの方も同じく、いやそれ以上に

こちらを利益（有形・無形）を得る為の

ツールとしてしか見ていなく

勿論、それを共有する訳でもなく

やはりモノとして扱っているだけである

双方共に相容れる事など永遠にない

生きる屍

私の遺体にカラスが群れをなして近づいてくる
肉片、血痕、髄まで突っつき啄んでゆく
その横暴ぶりはまるで反グレ集団の様である
さんざん喰い荒らした跡を

通行人が駆け寄る
証拠隠滅を図ったのか
髪の毛一本残さず離散していった
その狡猾さにおののき生態系の異質を見た

反主流

・住居侵入罪

・肖像権の侵害

・個人情報保護法の成立に対する背信行為

・傍受法の成立に対する背信行為

・傷害罪

・性的犯罪

・恐喝罪

・動物愛護法に反する虐待

・知的所有権の乱用

・業務の妨害

・著作権の侵害

──個人の日常生活を二十年に亘り略奪、侵害──

この上、殺人罪まで背負うおつもりか、TAさんよ

追伸、サベツという用語を
まるで万能薬、特効薬の如く使用する事勿れ

あとがき 「声色」

人の耳元で囁いて脳内に侵入するだけでは収まらず

時に知人に成りすまして声色を使い分ける

「どこかでその知人と繋がっていて、一緒になって私に

重圧を掛けてくる」

と受け止めていた

彼等は何年間かの内に

私の記憶の中から私が知り得る殆どの人間とその人間の

声と話し方まで

熟知するべく訓練していた様である

故に、こちらの人間関係に迄割込み、乱して、隔離作

戦を呈している

──工作員でも及ばない驚くべき謀略である

この様に人道的にも問題のある企画（一連の流れ）を

監視をしている箇所はどの様に捉えているのだろう

その膨大な利益の為に容認をしているのだろうか

或は見ないフリをしているだけなのか。

内々のトラブルでは済まされない事位は

ご理解できると思うのだけれど………

最後に 「海外渡航」

ねずみ色の薄衣をまとったマネーが

「国際交流」という詭弁を建前に

時の権力者達の前を素通りして

海外へ流出してゆく

回り回って首謀者の私腹を肥やす

この常態化した悪しき慣習を

撃破する術は無いのだろうか……

為政者の方は今こそ権力を行使してでも

この事態を律していただきたい

KAKUDANSOU

2019年3月25日　第1刷発行

著　者　山口真世

発行者　太田宏司郎

発行所　株式会社パレード
　　　　　大阪本社　〒530-0043　大阪府大阪市北区天満2-7-12
　　　　　　　　　　TEL 06-6351-0740　FAX 06-6356-8129
　　　　　東京支社　〒151-0051　東京都渋谷区千駄ヶ谷2-10-7
　　　　　　　　　　TEL 03-5413-3285　FAX 03-5413-3286
　　　　　https://books.parade.co.jp

発売所　株式会社星雲社
　　　　　　　　　　〒112-0005　東京都文京区水道1-3-30
　　　　　　　　　　TEL 03-3868-3275　FAX 03-3868-6588

印刷所　中央精版印刷株式会社

本書の複写・複製を禁じます。落丁・乱丁本はお取り替えいたします。
©Masayo Yamaguchi 2019　Printed in Japan
ISBN 978-4-434-25773-5　C0092